U0060405

鏡像攝影

copyright © by 鏡像

心舍

鏡像詩集

鏡像 ○ 著

前　言

《我是風》

我是風　穿過鮮豔的花叢　不帶走豔麗
不帶走馨香模樣

我是風　穿過紅黃的樹林　不帶走顏色
不帶走輝煌

我是風　撫摸過你的臉頰　不帶走愛戀
不帶走情傷

我是風　擁抱過你的身軀　不帶走熱情
不帶走回想

我是風　進入過你的心靈　不帶走心跳
不帶走心房

我是風　在天地之間遊走　不帶走牽掛
不帶走激盪

我是風　隨緣安住在境緣　不帶走煩惱
不帶走名相

我是風　念動從虛無中來　不帶走三界
不帶走五行

鏡花水月

看不透　看不透

執幻攀緣

心妄想　夢裡求

一份憂愁

沒來由　沒來由

濕了衣袖

心已走　情難留

鏡像攝影

目錄

CONTENTS

目
錄

CONTENTS

目 録

CONTENTS

目錄

CONTENTS

鏡像攝影

梨花飄落溪裡

小溪唱著清澈的曲子

詠嘆著別離

擁著相思的雨

婉轉著舞步

成了最美的舞姬

心　舍
——遇緣忐忑

淡了情感的餘熱

也消散了心中的畫冊

讓寂靜的夜色

把思緒的心雕刻

重新寫一首愛的詩歌

月光溫柔地抱著我

微風徐徐親吻著

再一次浪漫了脈搏

心跳的音符

隨著血脈的列車

鑽進了身體的細胞核

內心的那條河

沖散了思緒的間隔

一片光明照射

融化了躲避的巢穴

又成了一個遊客

拿起新生的紙對折

用心思做剪刻

剪刻一幅美麗的圖畫

然後收藏在心房的寶盒

緊緊地擁抱著

從此心念和心情融合

在景象裡遇緣忘忑

夢幻裡生心得

依然時光歲月如梭

恍如夢境斑駁

收藏在妄想的心舍

一湖一風光

一湖一風光
折射了多少時光
碧水的心房
將晝夜日月星辰
當作美麗衣裳

湖畔多芬芳
隨風進了心窗
過後留跡有緣心房
每當回想起
好似嗅到暗香

情緣相續來世

夕陽的心紅了晚霞

白了歲月的頭髮

心夢幻迷戀繁華

醉了心的意馬

一路看著桃花

四處浪跡江湖天涯

尋找有緣的紅紗

好讓景色入畫

一杯酒雪月風花

上面漂著有緣的桃花

心情隨境瀟灑

一念美好的風華

化成春秋冬夏

心中的一絲牽掛

思緒夢幻了浪漫月下

點起一炷祈禱的蠟

一恍惚就成了白髮

留下紀念的畫

畫上用心意表達

來世的情緣

相續醉心的情話

千年相思
——最美的舞姬

梨花飄落溪裡

小溪唱著清澈的曲子

詠嘆著別離

擁著相思的雨

婉轉著舞步

成了最美的舞姬

自然的歌聲氣息

是美麗的心意

一路帶著美好往昔

一路落雁沈魚

寫出了前世

也寫出以後的前序

最精彩的故事

那支奇幻的心筆

畫了迷局　奇幻神秘

帶著沾淚的梨花雨

將流年唱成遊戲

故事從此流傳延續

那情感的游絲

隨著氣息飄逸

最美的舞姬

氤氳了濛濛的水氣

每一個水分子

都有舞姬搖曳多姿

美幻絕倫的影子

迷惑了心緒

輪迴了千年相思

鏡花水月

鏡花水月

看不透　看不透

執幻攀緣

心妄想　夢裡求

一份憂愁

沒來由　沒來由

濕了衣袖

心已走　情難留

淚灑相思豆

心愁和深秋

繼續輪流

情與時空轉心頭

時光太久

無始無明難咎

執著了情留

分別春喜秋愁

縈繞心頭

六道巡迴演奏

何時謝幕

何日風雨盡休

起 舞

想擁有美好幸福

心在編夢幻的童話書

放出情感的小鹿

親暱了幻化的靈物

旋即跳起歡快的舞步

心情激動得笑哭

幻化情感美麗的湖

兩眼有點看不清楚

周圍的景象模糊

那是舞步揚起的塵霧

遮蔽了光明之路

還有兩眼喜悅的淚珠

折射了物像扭曲

心更加迷戀景色萬物

心湖隨緣影子起舞

一曲芳華

眼瞳印好朝霞

晨曦是我的一匹意馬

離開昨晚睡覺的家

一路奔放　四處飄花

從此　家就是天涯

心揣著慈悲做俠

四海喝著飄香的茶

心中開著千朵萬朵蓮花

風流大愛天下

塵沙即是黃金沙

不問貪嗔痴的酒價

一念善即是煙霞

桃花亦如是

轉念即是飄香蓮花

遊走春秋冬夏

從鄉野到城市繁華

歲月染白頭髮

一路意氣風發

縱橫天下隨心瀟灑

滄桑雕刻的傷疤

只是隨緣的芬芳鮮花

虛幻的有情閒話

演奏了一曲芳華

夢裡荏苒

時光在夢裡荏苒

花開花謝紛繁

時空的變幻

在輪迴裡分段表現

一葉輕舟

在塵世裡揚帆

希冀著繁華港灣

希冀著燈火闌珊

以日月為伴

執著鏡像談笑之間

夢境裡笑語歡

只是路途遙遠夢幻

紅塵裡有聚有散

那是心的詩篇

時常桃花香

又是春暖風和的時節
那片桃樹又開了花

記得你那桃色的臉頰
還有你彈奏的琵琶
聲如甘霖灑下
清新滋養了一枝椏
成了一份珍愛
也成了一份牽掛
從此　心裡時常花香
時常開滿紅紅的桃花

心 岸

悠揚小曲使人心歡

雲　隨著風緣舒卷

河畔　觀微波鄰泛

彷彿又是初見

花草清新在眉眼間

香唇只是笑談

珠圓玉潤輕浮現

春風一樣拂過心岸

心跳　紅了顏面

兩朵浮雲有了閃電

綿綿雨落猶如珠簾

清涼淡定

美好的人生

內心會有從容和淡定

面對因緣的環境

能夠看到假象裡的本性

用智慧和清醒

開創新的憧憬

用慈悲的心

觀看無敵的心情

滿天的星星

是心投射的相境

內心的故事

是因緣的風景

猶如月光般清新

內心有了清淨

就會有美麗晶瑩

清涼　玉立婷婷

看一池相思

清風哪裡去

借你柔風一縷

請捎去我的心意

那是真誠的祝福

沒有花的豔麗

卻有花香的氣息

沒有信箋

卻有情感的詩詞

沒有浪漫的氣氛

卻有真情一曲

那心中思念的花雨

滋養你的歸期

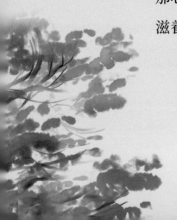

莫名其妙地哭泣

淚水藏著心意

你什麼時候歸來

看一池相思

泛著美麗的漣漪

蕩漾在紅塵來去

寄情的心迷思

妄想著美麗

只能看花開花謝的影子

流下情感的淚滴

風兒　　你去了哪裡

天涯與牽掛

命運流浪在天涯

好像沒有牽掛

似風吹襲的花瓣

隨緣地飄落下

有誰會知道

心中的酸楚淚下

嘴裡沒有說話

心裡卻亟盼

有一份情感牽掛

只是沒有愛戀摘下

世間的事紛雜

蹉跎了一世年華

忙忙碌碌夢幻真假

像塵世的風沙

隨著風才有問答

妄念夢幻的剎那

走了海角天涯

虛幻的一世繁華

心念動風刮沙

不如靜下心啊

喝一杯清香的禪茶

讓生命體會一下

安詳清淨無瑕

自然自在一朵白蓮花

美好時刻

春天的風吹了很多

心裡多了詩歌

溫暖花開的景色

讓心莫名奇妙地忐忑

只因你的影子

美麗的讓心記得

在心靈的天空迴盪著

成了美好的時刻

心裡種植了花朵

經常感覺奇特

心和美麗糾纏磨合

一季悄悄地走過

直到花瓣飛落

散了一世情緣之和

就像飄走的雲朵

隨著因緣來去聚合

智慧覺悟的緣覺

觀察因緣將夢幻勘破

似曾相識

雁歸來　似曾相識

曾經一念就飛離

別離了萬千里

淡了熟悉的影子

飛鴻南北飛移

情感牽扯著故地

眷戀了多少個世紀

雙翅不遷東西

心事只在懷抱裡

回歸心裡的山河相思

隨著季風來去

那是情執的形跡

鏡像攝影

柔風吹拂青絲微飄

一縷雲煙裊裊

情動了心桃

把眼瞳裡的心撩

七彩心筆一描

青春不見老

心念是書籤

妄想美麗的眼

翻動著詩篇

以解心中的顧盼

以了心中思念

讓煩惱消散不見

情執因緣聚散

心念情思相牽

寫一封書信

郵寄扯出情絲線

從此　心情執線端

難以寂滅好奇的眼

翻看另一卷詩篇

原來是覺者的語錄

度人解脫的教言

大覺者的聖言

因緣聚散是自然

從此供奉佛陀經典

淨心思維修觀

手捧慈悲經卷

寂靜是慧眼

心念是一片書籤

安住要隨緣

無字真經無念

情染了眉角

情染了眉角
相會在家鄉的小橋
情似清澈的流水
把青山環繞

柔風吹拂青絲微飄
一縷雲煙裊裊
情動了心桃
把眼瞳裡的心撩
七彩心筆一描
青春不見老

圓月靜悄悄
把情染的眉角瞧

居 住

今天的你
曾經在我的夢裡
明天的你
是在我的心裡

我在這個世界裡
你卻在我的生命裡

世界是個幻象
千變萬化地飛離
為何你總是在心底
在朦朧的幻境裡
還是如此的清晰

在原地居住
居住在心裡和夢裡

心起了皺摺

心起了皺摺

日月情　層層因果

陰陽情感的河

閃爍著光波

映照了天空銀河

一念的快樂

打破了靜靜的沈默

從此沈迷快活

情感四溢成澤

妄心的情不會乾涸

陽光月色勾勒

閃爍著清澈

透明了生命的彩色

從此心的折射

有了更多迷惑的閃爍

晶瑩　透澈　奇特

曾經在一起

曾經在一起
那是走過的痕跡
愛的園地
花開滿圜一季
花瓣上的露珠
是心的雨絲

光陰掠過的草地
眼淚不曾珍惜
那芳香的氣息
卻是情感的淚滴

隨著風化氣

是一襲醉人的心意

自從分離

內心不願意捨棄

告誡自己

緣盡了　沒有關係

送一份祝福

永遠跟隨著你

情與月蝕

今夜的月蝕
夜空好像更低
莫名其妙的此時
想知你的心意
可是看不清
有什麼情感在你眼裡
只有你的髮梢
微動在風裡
恍恍惚惚依稀
此景似曾相識

月亮走出了遮蔽

卻不見相思

剛才消失的故事

被塗抹了胭脂

既沒有風雨而至

也沒有兩眼眶淚濕

像是閉著眼回憶

一段私人情感的軼事

也沒有說出名字

情深情淺自知

只是胭脂的氣息

讓心有些恍惚迷離

體會已在心裡

雲　煙

心情起雲煙
伴著心靈的小舟
雲煙充滿了溫柔
寄情希望長留

心舟載著老酒
順著心情的河水走
無限的風流
醉夢一場春秋

風雨把衣濕透

花了臉上的彩秀

心事重重只有等候

盼著攜手共遊

深情意識水長流

一程一程意未猶

守著雲煙心頭

顧盼河岸燈火錦繡

隨緣知風意

佛塔上的佛鈴

隨緣知風意

說著來去的相思

如露亦如電

如是觀察因緣情意

震落了一地

是漫天的雨絲

因緣無需尋覓

良辰美景的來去

夢幻的花雨

只是妄想的業力

從無的來處

走著心念製造的路

觀看景色美麗

緣了　再歸虛無

停 泊
——心念的圖畫

心船港灣停泊
岸上的燈火
照亮了船的輪廓
虛幻無法觸摸
幻化出一串花朵
打破了寂寞

猶如解開了情鎖
放出了一團火
讓心著了魔
眼瞳裡光影交錯
醒了睡著的停泊
一念驚魂魄
我執隨著起落

心念來回飛過

夢幻裡觸摸

生了一堆的感覺

迷惑了淡泊

為何心念繁多

境相裡情感執著

心船隨風飄著

在茫茫大海中迷惑

隨緣夢幻停泊

即刻被景色淹沒

日子一天天地滑過

相續形識的輪廓

心 曲

靜下心來傾聽

那心跳聲

唱著自己的心曲

晝夜不停

思索閉上眼睛

思緒像電影

美麗的劇情

攪動了心的平靜

因緣今世命

浸在紅塵不醒

一念有了光明

即刻身心有了晶瑩

夕陽的擁抱

夕陽紅了西天的殘照

留下一抹微笑

那瀟灑熱烈的情感

給了有情一個快樂擁抱

你燦爛的容貌

成了心中永久的美好

熱情的話語輕撩

像彩雲般的繚繞

讓心情跟著搖

成了來世相續的微笑

磨難的風雨

當磨難的風雨來時

我不知該笑還是該哭

還是　只是淡淡地

一抹嘴角　只是關注

或者隨著那風雨

撒一點憐憫的淚珠

我很想無視

可是又在眼裡流露

只有睜開智慧的雙目

把本質觀看清楚

原來只是隨心的業力

因緣幻化的形識
掛在心投射的天幕
是心製造的風雨

靜下心來觀風雨圖
清淨了佛國土

等 待

現在的狀態

內心還是在等待

沒有人在心裡存在

期盼的愛不來

眼裡沒有任何精彩

時光飛逝得很快

心想和孤獨離開

腳步好慢　　快不起來

生命中的日子

一個一個離開不再

它們好像在比賽

看誰不用等待
心裡感覺有些奇怪
日子是一群
任性不懂事的小孩

恍惚剎那的塵沙

放下情執牽掛
隨著風落下
將塵世的外衣脫下
坐進清涼的佛塔
靜觀心製造的
鏡像虛幻的圖畫

虛幻的一世年華
夢裡走了天涯
希望尋到純潔無瑕
心卻更複雜
像是沙漠的沙
風吹起　灑了天下
燥熱起　是浮華
妄念糾纏的塵沙
難以清淨落下

靜心喝一杯禪茶

只是恍惚剎那

心是一切

每一次呼吸

就在自己的心裡

畫著星河璀璨奪目

觀看著天地

心卻在天空佇立

親吻了星際

親吻了無窮的情意

在最深的心底

那份著迷的氣息

望著你的美麗

心激動不已

想像的一切都可及

我用盡力氣

現出漫天的旖旎

楊柳婆娑

眼光灼灼
望著幽幽長夜
只見星星不見月
楊柳婆娑

思念的心難捨
唱一首婉轉的歌
燃一支蠟燭影斑駁
心雨滂沱

如是奈何
心若失　皺眉思索
揮灑香墨
抽象美　卻得所非得
彷彿身影婀娜

祈禱清涼的雨

風吹來樹梢的話語

吹來了花絮

只是那樹的影子

遮不住憂愁的思緒

唱一首歌曲

祈禱落一場清涼的雨

讓心淡定　情懷幾許

不在煩惱裡住

讓心清淨如故

一粒塵沙一朵花

心靈的密碼

是春桃灼灼其華

溫柔的情執下

孤獨的心

給了妄想的回答

夢幻裡漂天涯

只是為了她

風雨濛濛潤了枝芽

思緒順勢分了叉

心的犄角旮旯

全是粉塵瀰漫的花

一粒塵沙

只是一剎那

一個心世界的風刮

卻生了滿世界

塵沙影子拓

鏡像攝影

心想雙飛　尋找安慰
眼見芳菲　桃紅柳翠
緣起為誰　緣滅枯萎
一滴眼淚　折射輪迴

彩色染了心頭

來到籬笆院的門口
牽起你柔軟的手
沿著蜿蜒小路
走過了穀倉的小樓
繼續開心地遊走

夕陽的餘暉如回首
浪漫染了氣候
一片彩霞在揮手
也把彩色染了心頭

不由自主地往山頭遊

餘暉下的小山丘

有無數的彩色花球

陶醉的馨香薰染心樓

鳥在叫　心在笑

驛動的心跳

幻化出了無數的彩綢

不知哪個彩色

會佔據喜悅的眼球

畫滿彩色思念

往事一縷塵煙

心有沾染

情執的一念

又會浮現在眼前

化為心動的雲煙

讓心為此掛牽

你在心裡依然

時常浮現

你美麗的眼

像春風吹開了窗簾

那入心的溫暖

從此心有你的容顏

心情惹紅了河畔

只等你會出現

花朵很鮮豔

蝴蝶舞蹈翩翩

柳梢鳥啼婉轉

心房畫滿彩色思念

一念悲歡因緣

一念因緣顧盼

又是一曲歌謠悠然

故事的河岸

載著種子的小船

乘著風帆還會再還

心有了美麗園地

太多的記憶
因為和你在一起
因為有了你
心有了休憩的房子
有了安靜的一處
是源自心靈的
自然祥和的園地

不管是悲傷

還是由衷的歡喜

是小脾氣

還是小甜蜜

有了一片種植的田地

從此　天涯海角

心　沒有分離

再也抹不去

你留下的痕跡

那粒種子

已經長成了一片林子

原來　　那是前世

修來的福氣

前一世的心意

因緣具足了

心念生的今世

生活在夢幻的世界裡

心生一道彩虹的心橋

那些水的霧氣

都是心情的甜蜜

我在安靜的園地

端詳著天地的美麗

期盼光明破曉

一念浮生紅塵喧囂

天地風雨瀟瀟

眾生慾望滔滔

心在世間經受煎熬

不知塵緣何時了

時常夢魂纏繞

無奈世事難料

只有無奈地苦笑

不知如何逃跑

糾纏著到了今朝

心中雲霧繼續繚繞

期盼光明破曉

晨曦裡歡樂逍遙

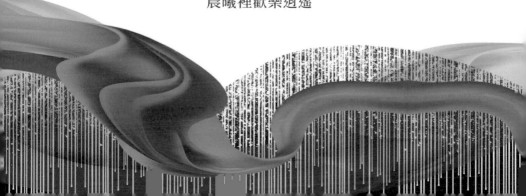

一念風景

以前美麗的溫馨
從心裡飛走　沒了影
如夢幻的風景
只是經歷了好心情

情緒的一片晶瑩
濕潤了大眼睛
遠處風景看不清
癡心眼裡只有背影

天空必有陰晴

蓋一個華麗的小亭

體會詩畫風清

讓心在境相裡安寧

夢 追

利益是非
是心沾染塵灰
從此難了塵緣
清淨難歸

一念執著輪迴
心生後悔
只是夢醉了一回
餘習難退

妄念將夢追
分別有愧無愧
好壞皆是心負累
妄心好奇偷窺

摘一朵玫瑰

留一個墳堆

一生愛恨的故事

刻在一方墓碑

一杯清茶飄香

一杯清清的茶
飄著淡淡的清香
瀰漫了空間
薰染浸透了肺腑心房
清雅自然的氣息
讓人悠然自在安詳

好像沒有了隔牆
春天的青草花朵放香
也飄進了心房
溫馨融合了心想
禪茶一味的安然清香
是祥和的自然風光

寫 詩

寫詩是清清淡淡的清香

睜著眼睛的夢想

人間沒有長大的姑娘

還有純潔的心房

單純情感地抒發感想

赤子之心自然流芳

執著心靈天空的一方

畫上最美好的圖像

問蒼天

一生的留戀
隨著一聲感嘆
像一縷雲煙
飄散在人世間

一個妄想成眠
誕生了夢幻
每一世的結點
成了下一世的開端

一念的孤單
生了尋找的情願
分別的你我
緣起相見的愛戀

問一聲蒼天

我迷戀的雙眼

來自於何方

情河之水是何源

秋天的妄想

瀟瑟風雨寒涼

滿山紅黃

果實收藏

生命的時間景象

也鐫刻在心房

等待白雪皚皚蒼茫

不見七色彩妝

蝸居暖氣小房

電視陪伴日夜消長

度日如常

自然之相

隨緣度過時光

不知過了多少時日

繼續隨境妄想

把春暖當作希望

淚 滴

淚滴　落在心裡
心　在悲傷地哭泣

淚水滑過臉龐的痕跡
那是以前的記憶
曾經在一起
劃過彩虹的珍惜
劃過鮮花的美麗

度過了多個四季
在這片草地
還是沒有走到底
揮手分離

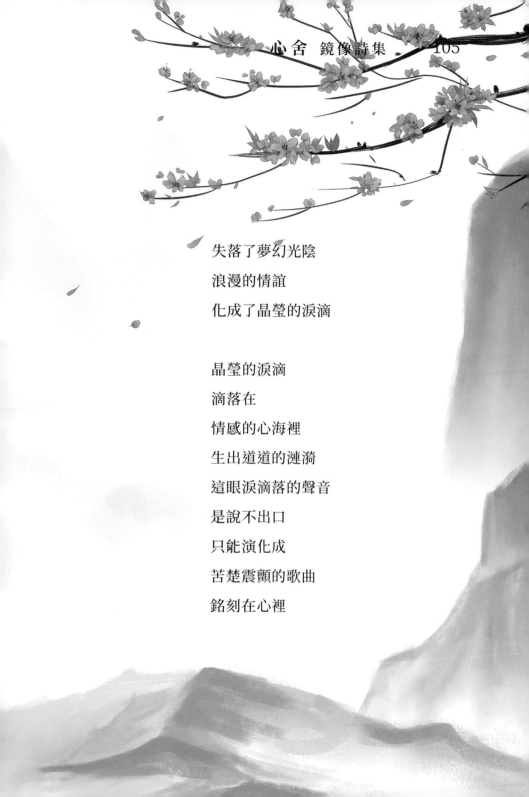

失落了夢幻光陰

浪漫的情誼

化成了晶瑩的淚滴

晶瑩的淚滴

滴落在

情感的心海裡

生出道道的漣漪

這眼淚滴落的聲音

是說不出口

只能演化成

苦楚震顫的歌曲

銘刻在心裡

飄過心房

青春俊俏的模樣

被時空的風

吹皺了熱情的臉龐

心　還有一念的希望

從生活的煩惱中

讓身心解放

所以　依然夢想

一直有一個願望

隨緣現美麗的芬芳

依在你的身旁

芳香了你的空房

卻像夢幻的風一樣

只是飄過了心房

歸來處

世態炎涼　才是人間路

停不下的腳步

是因緣的業力

是妄心妄念的賭注

如夢的境相

讓心更加糊塗

在境相裡走著輪迴的路

內心的孤獨

人生的痛苦

期盼的愛情故事

情又被辜負

心沒有皈依處

在妄想夢幻的世界

苦樂只是晨露

隨著風歸了來處

你就像

你就像

樹梢上接吻的小鳥

離不開

浪漫的愛情和陽光

你就像

美麗開放的鮮花

寄希望

蜜蜂永遠纏著你

把所有的甜蜜給他品嚐

你就像

堅貞不渝的大雁

自己的相愛去了天國

也要把

思念的影子放在身旁

你就像

怡人的鮮花芬芳

馨香醉人致遠

襲人的氣息

永遠在鮮花的身旁

無 奈

永遠拉不近的距離
是虛幻的塵世
心河岸邊的我和你

永遠看不到的終點是
你停不下的腳步
還有眼前你的影子

永遠流淌的小溪
是不斷冒出的心意
瞬間就成了遠去的回憶

永遠不斷妄想心思
喘息疲憊的氣息
還有心投射的情感天氣

忍受著痛啄

心情開始墜落

被傷心的風吹拂過

那吹走的承諾

讓心受苦的執著

滄桑了心房

佈滿了傷害的斑駁

心事無處訴說

那萬千感傷的困惑

躲在心的角落

心　忍受著痛啄

一場風和雨的境相

生命來去

相聚相離如夢象

演繹著

月缺月圓的情感影像

芳華芬芳

幽香徐徐醉人心房

無數的故事

夢魂纏繞在心旁

冷寂煙霜

倩影憶想

飛不出無垠的穹蒼

風和雨有了

悲歡離合的萬象

也有了

雨後春筍般的新篇章

更有了

雖然短暫的美麗彩虹

喜悅如畫的天象

還有朝霞和晚霞

如夢如幻的

人心依然對境的心想

一滴眼淚

細雨霏霏
春光回歸
鮮花嬌美
媚了心扉
一念珍貴
喜上眼眉
情似流水
時光相隨
業風續吹
情又付誰

心想雙飛

尋找安慰

眼見芳菲

桃紅柳翠

緣起為誰

緣滅枯萎

一滴眼淚

折射輪迴

虛幻的碑

妄念亂飛

心兒任性不歸

追逐景色美

妄想了串串點綴

心生嫵媚

被執念包圍

在圍牆畫上光輝

莫名有了敬畏

不知什麼作祟

還想著作為

為夢幻想著別退

祈禱著順遂

一輩子如此

好像也是無所謂

一生的痕跡

造就虛幻的夢碑

延續的心念

回憶的一滴一點

意識流飛到了山澗

那清澈的小溪

向遠處蜿蜒

你在我的身邊

紅紅的臉和美麗的眼

那時的心動

就印在了心裡面

微風輕拂著臉

隨著風飄在藍天

這是奇妙的緣

那根神秘的紅線

前世早已繫在心間

化成了萬語千言

在生生世世

情執繼續浮現

那顆妄心的情感

不斷地延續著心念

鏡像攝影

將風景　用心觀

風在輕搖芭蕉扇

詩意把心塞滿

放出充滿天

情　迴盪天際不還

生命使勁渲染

盡現絢麗的花顏

心情的筆墨

你說的動情的承諾
撒在了心的每個角落
心情用手輕輕撫過
心湖起了漣漪情波

紅霞裡斜陽落
惹落心情的筆墨
情感隨境一抹
只見幢幢心影漂泊

感嘆的詩句

花上的甘露
是感嘆的詩句
此情依依
一念情緣的相續

花香了天際
情境裡是醉意
柔風夢裡
眼飄情思的回憶

獨留眷戀

一杯濁酒釀出相思

墨汁編織成詩

思念的情意

眼淚濕了心緒

輕吟幾句

多情的意識

化成了一葉小舟

順著想你的意識流

駛向你的心裡

笑看紅塵如夢不實

卻獨留你的眷戀相思

清朗的天地

保留著一片雲雨

輪迴的四季

繼續著愛戀的情詩

纏綿的情絲

束縛在執著的心裡

春 天

春花鮮豔燦爛

賞花賦詩篇

心情的溫暖春天

希望高懸

情上柳梢綠了河畔

也來到了心間

春風拂了山

白雲猶如酒酣

淡淡地擁著山巒

不見裊裊炊煙

只有清風徐徐繞心坎

輕拂了　心喜歡

將風景　用心觀

風在輕搖芭蕉扇

詩意把心塞滿

放出充滿天

情　迴盪天際不還

生命使勁渲染

盡現絢麗的花顏

相思雨又飄起

好似夢幻迷離
風雨已經悄悄停息
雨後的霞光裡
一行大雁飛向天際
漸漸地消失
不知去哪裡浪跡
從此杳無聲息
美麗只是緣來一時

命裡有一道謎題
是我們曾經的往昔
只是不知道何夕
就成了夢裡的期許

在過去的風雨裡
你是我心中的一首詩
是我浪漫的期許
是我心的歡喜

相思雨又飄起
濛濛的雨絲
是情的相憶
那幽幽的氣息
像前世的相續迷思
提筆寫下作詞
填上一抹淚滴
參不破的緣聚緣離

緣 淺

事過境遷
淡了你我的心煩
只是有一份
糾結的情牽連

轉眼就是幾年
沒有了你厭我怨
只是到了夜晚
獨自看星星點點

從你情和我願

到不現你的眉眼

像是斷了線

寂滅了情的心念

角　落

心裡深層的角落
藏著善與惡
塵世裡滄桑的斑駁
只是業力因果

有時是歌謠承諾
有時是業力的飛蛾
只因心裡的執著
分別著你我
隨境前進或退卻
因緣折騰著

塵世裡迷惑

執著表象輪廓

因緣的境相經歷過

貪戀著世間快樂

故事都是你我

夢幻將心靈捕獲

塵 灰

歷史已經成灰
沒有人知道真實滋味
那曾經的夢寐
只見鏡花陪
不見忘川河水

妄念境相只是追
也不怕未來會後悔
哪知鏡花易破碎
依然執著不回歸
在紅塵裡沉墜

身著娑婆世界的衣袂

卻不堪相對

心裡的怖畏

讓夜色瀰漫低迴

寂滅了多少晨輝

又消散了多少塵灰

忘情水輪轉相隨

逗留與失落

你曾經如夢般地

在我的心裡逗留過

只因你美麗的雙眼

靜靜地注視著我

沒有一句承諾

也沒有天雷勾動地火

只是那眼神

讓心無處閃躲

已經很久了

逗留的花朵已落

有點茫然的心情

好像失了魂魄

塵世中的生命軀殼

卻繼續遊蕩著過

沒有了對錯

因為　只有孤獨的我

來年依舊

雨送黃昏　夜色暗
無人盪空空的鞦韆
秋風秋雨已寒

查爾斯王子河岸
燈火闌珊依然
城市風情喧鬧尋歡
心隨著酒精
熱情在慾海無邊
蹉跎了歲月
癡迷流連不返

看桃樹在河岸

生一臉茫然

桃子早已落了

又要輪轉

慧命埋在凡塵間

來年依舊

桃花開在河畔

情惆悵

放不下的守望
是心不能忘
生命裡的情傷
關閉了心靈的窗
把心念困在了心房
似煙熏火燙
卻不能埋葬
也成不了夢想
感嘆情緣似風煙
即刻多了惆悵

情如故

一見情如故
醉夢一生相顧
半世用心追逐
虛幻將一世相誤

雲深不知處
花兒開了幾度
相守不願離去
情感的詩詞成書

從朝陽到日暮
心念如初
只是淚濕了雙目

一朵花芬芳

在水一方
有一朵花芬芳
胭脂水粉紅
是她俊俏的臉龐

在高高的山岡上
看著東方初生的朝陽
那燃燒的激情
把天空熱情地照亮

一汪的情懷
映著美麗光彩的模樣
那是你的笑容
融化人心的芬芳

花的夢鄉

花的心

美麗在花瓣開放

吐露著芬芳

招來露珠在花上

晶瑩剔透地

把喜悅融進陽光

使七色的光芒

折射到四方

你陶醉了人的心房

讓愛在心中蕩漾

尋找美好的夢鄉

亂寫詩一篇

命運是行使的小船

繫泊是暫停靠岸

喝杯茶偷閒

滋潤一下心中的青山

茶水有濃淡

身在此山已經薰染

只有心能體會誰是仙

福德換茶錢

遠處的山巒

景色優美山歌遠

我用心來觀

境生情　亂寫詩一篇

灰白的雲朵(歌謠)

風中灰白的雲朵朵

藍天沒有多少

多情人兒可真多

傷心的淚水滾滾落

化成灰白的雲朵

故事聽了一大籮

風中飄移的雲朵朵

心兒感傷可真多

淚水流淌已成河

奔騰出了心窩

情傷無處躲

生活日子還要過

風中灰白的雲朵朵

淚水淅瀝瀝地落

情深糾纏繫千扣

歲月流逝悠悠

時光荏苒了白首

風月一份憂愁

還在夢裡索求

境相朝暮隨身等候

貪戀不夠

情深糾纏繫了萬千扣

業力習氣深厚

一念又情留

夢幻的河水長流

河水繞過無數個山頭

映照夜空的星斗

鏡像天倉

歲月五千年滄桑

諸事皆因果茫茫

江山境相的夢幻

古今心投射天倉

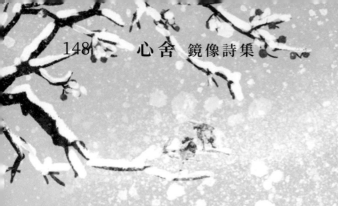

沒有詩題

大雪紛飛的冬季
寒冷寂寞了心思
期盼著美麗
彷彿你的暗香依稀

分別的記憶
像是寒風的嘆息
哀怨著別離
畫出的是相思

寂寥的心意

感嘆隨意浮起

雪花片片　　隨風飄落

拒絕做我的詩題

一道光束

一道定格的光束
聚焦了美麗的你
那是我驚喜的雙目
光波是美好的旋律

你嬌美的樣子
將我的眼瞳佔據
你清脆的笑聲
成了情感跳躍的詩句

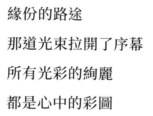

緣份的路途

那道光束拉開了序幕

所有光彩的絢麗

都是心中的彩圖

源自業緣的光束

是前世情緣的種子

因緣的具足

成熟了聚合的相遇

神迷心醉

歌聲讓人神迷心醉

輕輕把窗推

不見是誰

心動情落淚

恍惚如仙境夢歸

可是她回

徐徐暖風吹

柳絮隨著風飛

隨緣飄落河水

夕陽餘暉

只見一人美

不知是誰

心與境融會

心緒萬千一堆

願有緣相會

怕錯過後悔

從此　情住心扉

情念紛飛

有了陰陽白黑

鏡像攝影

江湖情感太多

薰染了歲月經過

心情無處躲

成了浪漫的生活

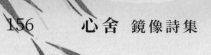

相 許

心火燃燒了心意
燃熱了心語
如激情的熱舞
旋起的風
吹奏出激盪的舞曲

只是三言兩語
隨著音樂
將心舞蹈著相許
一番風雨
風景隨著因果部署

如畫般的美麗

最精彩的是你

難捨的情意

猶如滋養的甘霖

化成美好的回憶

那情感的詩文

是映照著你

最清澈的心湖

生命的茫然

一念之間恍惚

打開心靈的窗戶

曬曬心中的滿不在乎

讓清風吹醒麻木

出走那份孤獨

消散茫然和踟躕

讓心走出桎梏

曾經寒窗苦讀

曾經脫穎而出

沒有貪圖

莫名地就引人注目

從此　衣冠楚楚

有了一份世故

被有了假象幸福

隨著環境學談吐

微笑掩蓋著無奈糊塗

心卻在偷偷地哭

眼淚澆灌心室

人工嫁接的花木

悻悻然地當作寶物

掩飾唱著悠揚的小曲

假裝愜意舒服

行走在世間江湖

薰染了雙目

道路看不清楚

找尋不到清淨的心湖

境相裡業力是路途

不知心歸在何處

失落在河的對面

內心一縷執念

在塵世裡滄桑蔓延

經歷輪迴千遍

始終都瀰漫

情執藕斷絲連

流連忘返河水遠山

多次的夢幻

只是境相裡睡眠

不識境相色空

用觀想坐禪淨念

心中一縷雲煙

飄出了心田

漫過了萬水千山

尋找著你前世的臉

風把記憶吹散

孟婆湯讓夢輪轉

轉碎前世景象的碎片

曾經的少年

曾經的衣衫

失落在河的對面

迷失了　不見

一夢紅塵千帆

一生太短暫

一夢紅塵千帆

萬千人世間

生命的路蜿蜒

情絲是心的曲線

觸動了心弦

情深了　卻短暫

緣淺了　隨風散

人間幾世漫漫

只是輕輕地一嘆

不知是劫難

還是深情的善緣

大樹猶如大傘

在下避雨說著誓言

從此執著的情感

夢幻成雲煙

如果心灑脫了看淡

就站在高山巔

把秋水長天

縮不短　　就望穿

薰染了歲月經過

眼淚掉落幾顆

隨即化成了情河

流過了幾重山

只是情還有幾何

擁抱了春天溫熱

體會秋風蕭瑟

彎曲的因緣

境相裡花色奇特

江湖情感太多
薰染了歲月經過
心情無處躲
成了浪漫的生活

雁去的風景

西風雁叫飛行
開始寂寥大地風景
一念悲歡離合
詠嘆著無情

隨舞的屋簷風鈴
一直在叮噹叮
直到夜晚的星星
眨著迷離眼睛

夜色裡接著傾聽
那風鈴的歌聲
隨著風兒遊行
不間斷地唱到天明

今天沒有雁影

只有草叢裡的小蟲

在嗚咽低鳴

無奈地將寒冷

悲切地相迎

寒涼的風不停

不讓風鈴的歌聲寂靜

請……

請不要哭泣
那是秋季的雨
帶來寒冷的冬季

請不要逃避
都要經歷四季
只要記住溫暖的春季

請不要忘記
曾經的開心美麗
那是豔麗的花季

請一定留意
短暫熱情的夏季
把握好當下情意

請一定記住
浪漫美好的心意
來世才好相遇

演化的風

有心無心
眼睛裡對比的人
就像秋春
心隨了不同的風
讓覺受的六根
體會了不同的境
自然的情相濃
也是四季的年輪
演化的色彩繽紛的圖形

聚合的相逢

只是生命的緣份

有情無情

心意碰撞的我們

都留下了相擁的痕

記錄了互動的聲

只是那盞因緣的燈

讓我們的人生

有了相聚動心的情

心繫白蓮

潔白純淨無瑕
那是一朵白蓮花
清淨的榮華
是聖潔心花的天下

彷彿一剎那
經歷了寂靜與喧嘩
枯樹長出了新芽
心動夢出月下

無論細雨還是雪花
有緣才會遇見它
天地浩大
為你送一朵蓮花

夢幻情緣桃花

命運為你點了硃砂

不是煙雨圖畫

不是豔麗的芳華

還是潸然淚下

似心猿意馬

卻是佛加持的願華

建起了琉璃佛塔

心彈一曲琵琶

放了滿天煙花

為何燦爛光華

不及潔白寂靜的蓮花

方寸之間的冥想

一切功德福田之相

在靈台方寸山上

奇妙的斜月三星洞

有無限廣大風光

十法界由其現

萬法是隨緣心想

執境者　　不斷妄想

六道輪迴漫長

覺悟者　　清淨智慧

現心世界的實相

行者　　他的靈山

回首處的境相

是十萬八千里風光

那樣的漫長

覺悟了

靈山就在原地方

只是瞬間清淨無想

大道之名相

只是在方寸之上

諸法緣起性空

境是如夢幻想

不執著分別名相

清淨方見實相

十萬八千里

是行者覺悟之路的心相

是無字真經隨緣的幻象

煩惱即菩提

經歷了　破迷開悟

生隨境對應的智慧法相

無苦殊勝清涼

情 念

心願希望成全
人皆有的情念

盼著有擦肩
盼著一份神奇的緣
每個人的心裡
都有一個願望的容顏

紅塵的世間
生命只是時間
熬不過遙遠
才會有無限的眷戀

萬千的心願

等著圓滿的流年

長久縈繞心間

時空裡只是瞬間

你出現在眼前

那是緣份的心現

如果想再見

那就是情執的緣

修得姻緣圓滿

世間有了共枕眠

從心願到諾言

經歷了無數個再見

心的旋律

萬般的心緒

隨著心的旋律

婉轉地唱著

一首美妙的歌曲

心著迷

說了千言萬語

與鏡花相遇

墜入撲朔迷離

跌宕起伏的江湖

萬千情感相續

長相憶

因為時空的距離

心思的曲子

縈繞了多日

請天幫我郵寄

這一份情意

它纏著讓心執迷

抹不去

成了深刻的印記

世間尋覓

你究竟在哪裡

情感的心事

靈感觸及

其實是緣份演繹

你在夢幻歌裡

詠嘆著天地

那音波的旋律

化成歌舞的你

桃花記

春光明媚
桃花紅了好美
你的妍麗是為了誰
又會為誰而憔悴

命運的春風
你為何又相隨
花開花謝花又飛
短暫芳華誰相配
實難描繪
周圍的山與水
如今只有空相對

柔風微微吹

心卻傷悲

十里桃花嫣紅

逝了嬌媚

究竟因緣又成灰

生命的傳奇

落花化成了泥
淡漠了事蹟
內心感嘆唏噓
茫然地一聲嘆息
就讓時間擦去
曾經芬芳的美麗

一念的記憶
輪迴了千年的朝夕
曾經的煙雨
讓我披上了蓑衣
在濛濛的雨裡
看天　看花　看你

那一眼的心有靈犀
就有了心語

從此　你的美麗
就進入我生命的傳奇
無數輪迴的生命裡
就像花兒並蒂

你就是我的影子
沒有離開心裡
兩顆心永遠在一起
愛的情執業力
讓心帶了一面鏡子

你是我生命的意義
你我的故事
是彼此的前言
也是精彩的後記
又是下一輪
生命演繹的預示

香飄過

花兒開了香飄過

兌現去年承諾

眼光只是和花交錯

隨即在心裡染色

飄出一首優美的詩歌

消了心中的寂寞

雖然只是過客

嗅著花香含情脈脈

一念情深難躲

心湖也隨念起波

映照岸邊花影婆娑

又是一個傳說

深情生花的筆墨

述說著山河

把美好細細地勾勒

那心湖美麗清澈

蕩漾著快樂

相應的心花一朵

心中情感壯闊

心氣也灑脫

一念升起的快活

像細雨柔情地灑落

又澆灌了花朵

來世相逢做依託

詩集後記：

《奇 蹟》

落在湖面上的雨滴

粉碎了身體

卻和湖水融為一體

把破碎的心拾起

不再到處尋覓

成了湖水清碧

交融清雅的詩詞

映照純潔白蓮的美麗

想想挺奇蹟

那牽腸掛肚的情義

到處追隨的情思

隨著因緣演戲

卻不能把約定忘記

在機緣成熟的日子

因緣次第具足

那心靈妄想了天地

也見證著白蓮

不染而出離污泥

鏡像詩集

《郵寄》
已出版

《靈魂》
已出版

《一池紋》
已出版

《心不在原處》
已出版

鏡 像 詩 集

《眼角》
已出版

《折射》
已出版

《隨緣》
已出版

《情感的風鈴》
已出版

鏡像詩集

《情池》
已出版

《鏡花緣》
已出版

《心舍》
已出版

《一彎彩虹橋》
已出版

鏡像詩集

《心情的小雨》
已出版

《飄舞》
已出版

《幻境乾坤》
已出版

《心靈的筆觸》
即將出版

鏡 像 詩 集

《桃花夢》
即將出版

《心雨》
即將出版

《困惑》
即將出版

《黑白的眼》
即將出版

鏡 像 詩 集

《坐在山巔》
即將出版

《印記》
即將出版

《心念》
即將出版

《帆影》
即將出版

鏡像詩集

《情海》
即將出版

《宿緣的一眼》
即將出版

《情送伊人》
即將出版

《河岸》
即將出版

鏡像詩集

《心田之相》
即將出版

《原點》
即將出版

《眼神的影子》
即將出版

《四季飛鴻》
即將出版

鏡像系列詩集

心 舍 鏡像詩集

作者	鏡像
發行人	鏡像
總編輯	妙音
美術編輯	彩色 江海
校對	孫慧覺
網址	www.jingxiangshijie.com
YouTube頻道	鏡像世界
臉書	www.facebook.com/jingxiangworld
郵箱	jingxiangworld@gmail.com
代理經銷	白象文化事業有限公司
	401台中市東區和平街228巷44號
	電話:(04)2220-8589
印刷	群鋒企業有限公司
出版日期	2020年11月　　　初版
ISBN	978-1-951338-42-8　　平裝

定價　　　NT$520

網站

YouTube

臉書